AF497822

ÉPÎTRE

A L'OMBRE

D'UN AMI,

SUIVIE

De deux Odes, & de quelques Idées sur CORNEILLE.

A PARIS,

Chez **DELALAIN**, Libraire, rue & à côté de
l'ancienne Comédie Françoise.

M. DCC. LXXVII.

LETTRE

A Monsieur de P✳✳✳

JE vous envoie l'Epître à l'ombre d'un Ami. Pour la juger avec indulgence, pénétrez-vous de la douleur qui l'a inspirée. C'eſt un foible monument que l'amitié inconſolable éleve à l'Homme de lettres que nous admirions, & à l'Homme aimable que nous avons chéri tous deux. Ces deux vers

> Et cet ennui profond, vautour du genre humain,
> Plaintif, & lentement deſſéché ſous ſa main.

ne manqueront pas de vous arrêter, car ils ne valent rien; mais je l'avois ſenti, & les avois corrigés ſur une des dernieres épreuves; ils ont été oubliés : voici comme je les ai changés.

> Et l'égoïſme froid qui, la balance en mains,
> Oſe être ſolitaire au milieu des humains.

A ces autres vers,

> La raiſon étonnée y reçoit notre hommage,
> Et la froide penſée y fait pâlir l'image.

voudrez vous bien ſubſtituer ceux-ci ?

> Une raiſon timide y reçoit notre hommage
> Et la froide penſée y fait languir l'image.

Adieu. La ſatyre peut ſe déchaîner contre cet Ouvrage; je la défie d'aigrir jamais le ſentiment que me l'a fait écrire. J'y pleure un Ami, & les regrets de l'ame ne laiſſent point de place pour l'amour-propre.

AVANT-PROPOS.

Je n'ai pas cru pouvoir mieux commencer ces Mélanges, que par un Ouvrage qui les dédiât, en quelque forte, aux Mânes d'un Ami.

Depuis plus de dix-huit ans, le rapport des goûts, des fentimens, & des deftinées peut-être, m'uniffoit à M. Colardeau. C'eft à l'époque même de notre liaifon naiffante, que nous avons fait les premiers pas dans cette carriere épineufe, où les rivalités dégénerent en fureurs, & d'où l'intrigue & l'audace ont banni l'émulation.

Ses premiers fuccès furent brillans, & les inimitiés qu'il s'attira, furent en proportion de fes fuccès.

Cette ame paifible & douce, empreinte dans chacun des vers qui couloient avec tant d'abandon de fa plume éloquente;

A iv

cette ame qui ne foupçonnoit point la haine, & qui répugnoit à la vengeance, fut déchirée de tous les traits de la fatyre.

LA feule qualité qui lui manquât, étoit cette fermeté, ce fentiment de fes forces, qui s'accroît par la perfécution, réfifte à l'orgueil, & fatigue jufqu'à l'envie.

NATURELLEMENT mélancolique & foible, il étoit porté au découragement. Il fembloit qu'il aimât mieux faire le facrifice de fa gloire, que celui de fon repos.

QUE de fois n'ai-je pas eu befoin de toute la chaleur de mon amitié, pour ranimer en lui cette flamme du talent qui s'éteignoit, par intervalle, dans une efpèce d'indifférence!

OUBLIANT mes propres bleffures, j'allois guérir, ou du moins adoucir les fiennes.

EN butte à tous les Partis, par la feule raifon que j'ai obéi à l'impulfion d'une ame franche & libre; c'eft au milieu de ces cabales, de ces guerres, de ces foulevemens de la fottife protégée, & fi bien faite pour l'être, que j'allois affermir & confoler le Peintre chéri de l'intéreffante Héloïfe.

Il méprifoit, comme moi, ces confédérations littéraires, ces petits Sénats incompétens, ces repaires d'amour-propres, d'où partent les préventions aveugles, l'enthoufiafme exclufif, les éloges paffionnés, tous ces Arrêts de profcription, dont heureufement perfonne n'eft plus la dupe.

On voit percer ce mépris dans une certaine Epître à Minette, Ouvrage précieux, où il s'étoit impofé la tâche d'être un peu méchant, & qui ne fervira qu'à prouver davantage combien il étoit bon & fenfible. Jamais Poëte irrité ne s'eft permis de plus innocentes malices. Cette Minette eft douce, careffante & défarmée, comme l'homme aimable qui lui a prêté les graces de fon langage.

A la fin de la belle Epître à M. Duhamel, il a cependant hazardé quelques traits contre les injuſtices dont il étoit toujours le témoin, ce dont il avoit long-temps été la victime.

>> O Cabane du pauvre ! ô demeure champêtre !
>> Malheureux qui te fuit & n'oſe te connoître !
>> Ah ! puiſſai-je bientôt, libre & débarraſſé,
>> Rejettant le fardeau dont je ſuis oppreſſé,
>> Habiter un aſyle où l'ame ſe conſulte !
>> Des Remparts de Paris fuyons le vain tumulte :
>> Quel beſoin m'y rappelle, & qu'y voir aujourd'hui ?
>> Le mérite oublié, le talent ſans appui,
>> L'aimable Poëſie à jamais exilée . . . .
>> . . . .
>> Une froide Analyſe à la place du goût,
>> La raiſon qui deſſeche & décompoſe tout.
>> La gloire des beaux Arts, ou ſouillée, ou perdue,
>> Et leur palme flétrie, à l'intrigue vendue.

CES citations ſont plus que ſuffiſantes, pour conſigner aux yeux des Littérateurs honnêtes, qui n'ont point plié ſous le joug de la Secte en crédit & des reſſentimens de convention, quelle étoit la façon de penſer de M. COLARDEAU, & de quel œil il voyoit la plaie actuelle de notre Littérature.

Mais, avec cet esprit sage qui observe, apprécie & se décide, il n'avoit point cette ame ardente qui se révolte, cette sensibilité prompte que les abus importunent, qu'irritent les injustices, & qui aime mieux se produire au dehors, que de s'aigrir en silence dans les horreurs de la contrainte, la foiblesse des ménagemens, & le supplice de la dissimulation.

Quoi qu'il en soit, les dégoûts qu'il éprouva, l'accueil froid que l'on fit à quelques-unes de ses productions, les venins que quelques méchans, trop connus pour être dangereux, & trop méprisables pour être cités, soufflerent à différentes reprises sur ses premiers lauriers; toutes ces causes réunies, si elles ne contribuerent pas à altérer en lui une santé déjà languissante, détruisirent, au moins, tout le charme du peu de jours qui lui étoient comptés.

J'ai suivi, avec le regard inquiet & douloureux de la plus tendre amitié, les gradations d'un mal qui menaçoit chaque jour de me priver d'un Guide & de m'enlever un Ami.

LORSQUE l'espérance sembloit presque éteinte dans l'ame de tous ceux qui l'environnoient, elle brilloit encore dans ses yeux pleins de calme & de sérénité.

IL s'avançoit vers la tombe, avec la résignation d'un Sage qui rend à la Nature ce qu'ilen a reçu, & avec la sécurité d'une ame pure qui va se reposer dans le sein de son Auteur.

LE moment fatal approchoit. Des accidens multipliés l'avertissoient de sa destruction prochaine; elle alloit élever une barriere éternelle entre lui & ses prétendus Rivaux…il étoit mourant; le Sanctuaire des Muses s'ouvrit……. & il expira.

C. ps. Marillier. inv.
E. De Ghendt. sculp.

A L'OMBRE
D'UN AMI.

L'ASTRE du jour pâlit: l'ouragan défaſtreux
Roule, en noirs tourbillons, ſous un Ciel ténébreux ;
Les ſiniſtres oiſeaux, par leur chant funéraire,
En lamentables ſons, font gémir l'atmoſphere.
L'Amphion des forêts interrompt ſes accens....
Les regrets dans mon ame entrent par tous mes ſens.
Ce ſont eux dont la voix ſous ces tombeaux m'entraîne;
Mes ſoupirs ont percé leur voûte ſouteraine :
La mort regne en ces lieux, & voilà ſon autel.
Une profonde nuit, un ſilence éternel,
Tous les rangs confondus dans ce dernier aſyle,
Sur un triple cercueil, la douleur immobile,
Tels ſont donc les objets & les affreux deſtins
Que chaque inſtant retrace à l'orgueil des humains !

O toi, qui vis périr dans ta lugubre enceinte ;
Tous les vœux des Mortels, leur espoir & leur crainte ;
Tombe avide & jalouse, hélas ! combien de fois
Notre bonheur fragile expira sous tes loix !
Que de fois tu rompis ces chaînes invisibles,
Ce nœud mystérieux, connu des cœurs sensibles !
Ton gouffre avare & sombre engloutit sans pitié,
Et le fidele amour, & la tendre amitié.

Où suis-je ? Au long reflet d'une lueur qui tombe ,
J'apperçois un laurier qui couronne une Tombe !
Un trouble involontaire, un secret sentiment
Semble emporter mon cœur vers ce cher monument.
Muette désormais, une Lyre y repose.
Une Muse plaintive, en pleurant, l'y dépose. . . .
Cieux ! à cette clarté qui ne luit qu'à demi,
Je vois … je reconnois les restes d'un Ami !
C'est donc toi que je presse, Urne simple & chérie ,
Où la feuille du Myrthe au Cyprès se marie !
C'en est fait, il n'est plus ce Chantre harmonieux,
Qui parloit aux Mortels le langage des Dieux !
Astre brillant & pur, dans sa courte carriere ,
Il versa doucement sa tranquille lumiere.

L'amitié jusqu'à lui vint m'ouvrir un accès ;
J'enviai ses talens & non pas ses succès.
Rivaux toujours unis, ensemble nous franchîmes
Les rocs glissans du Pinde & ses hauteurs sublimes.
A notre espoir séduit, à notre œil enchanté,
La Palme étinceloit dans des flots de clarté.
Notre cœur palpitoit d'une joie inconnue,
Qui nous cachoit un monstre endormi dans la nue.
Nous respirions tous deux un légitime orgueil.....
Dieu ! son char de triomphe enfermoit son cercueil!

O cercueil d'un Ami, reçois, reçois mes larmes !
Ajoute à ma douleur, elle a pour moi des charmes.
C'est ici qu'éclairé d'un utile flambeau,
On mesure la vie aux bornes du tombeau.
La gloire, quelquefois, la gloire, ce phosphore
Qui se montre pour fuir, qui trompe & qu'on adore,
Vient effleurer ce globe, où regnent les malheurs,
De son rapide éclat qui s'éteint dans les pleurs.
Ici tout vient finir : dans cet abîme immense,
Aux portes du trépas l'égalité commence.
Ici la gloire même a perdu sa fierté,
Et n'est qu'un bruit stérile au hasard répété.

Qu'entends-je? un Dieu me dit qu'elle survit à l'homme.

Tu charmas l'Univers, & l'Univers te nomme.

Le tems dévore en vain cent Peuples abattus :

Il confumera tout, excepté les vertus.

Une ame altiere & douce en fes écrits refpire.

La Terre eft fa prifon, le Ciel eft fon Empire;

L'Eternité, fon terme; &, reprenant fes dons,

L'Olympe s'enrichit des biens que nous perdons.

Sous les Cieux épurés, où tu bois l'Ambroifie,

Oui, c'eft toi qui nous plains, & qu'il faut qu'on envie.

Pourrois-tu regretter nos ferviles grandeurs,

Nos triomphes fi vains, nos plaifirs fi trompeurs;

La médiocrité que fa baffeffe irrite,

Ufurpant les honneurs qu'on arrache au mérite,

Tous ces lâches Mortels que rend plus dédaigneux

L'invincible mépris qu'ils ont conçu pour eux;

Ces Zoïles amers, gonflés de jaloufie,

Prônés par l'ignorance, ou par l'hypocrifie,

Et cet ennui profond, vautour du genre humain

Plaintif, & lentement deffeché fous fa main?

Quand la mort vint fur toi déployer fon empire,

Ton cœur faignoit encor des coups de la fatyre.

Ce

Ce cœur fenfible, ouvert & facile à bleffer,
Eft le but où fes traits fembloient tous s'adreffer.
Que dis-je ?... ô mon Ami, la rage envenimée,
Même par le trépas à peine eft défarmée.
L'infortuné Talent, profcrit dès le berceau,
N'eft point tranquille encor dans la nuit du tombeau;
La Haine qui le fuit, toujours fe renouvelle.
On abat une tête, & l'hydre eft immortelle.

JE vois dans ces enclos filencieux, glacés,
Qui couvrent des Humains les débris entaffés;
Je vois la pâle Envie, affife fur ta cendre,
S'indigner des honneurs qu'un Ami vient te rendre.
Sur des os calcinés, arrofés de fon fang,
Elle-même fe plonge un poignard dans le flanc,
Frémit, pleure, menace en fes accès funeftes,
Et fourit, en preffant tes déplorables reftes.
Déjà, malgré mes cris, de fes traits eft frappé
Ton funebre Trophée à la mort échappé.
De fes yeux enfoncés la fanglante prunelle,
En comptant tes lauriers, d'un feu fombre étincelle.
Tu trompas fes efforts, fans les avoir vaincus;
Et les mêmes ferpens qui, lorfque tu vécus,

De leurs replis impurs sillonnoient ta carrière,
Viennent souiller encore, & troubler ta pouffiere. *

O des inimitiés acharnement affreux!
O des vices du cœur ascendant malheureux!
Privé de ton soutien, en butte à leurs outrages,
Sur moi seul appuyé, j'erre au gré des orages.
Dans ce Cirque bruyant, témoin de nos travaux,
On a des Ennemis, & non pas des Rivaux.
Même au sein des succès l'ame se sent blessée,
Et les fureurs du Cloître ont atteint le Lycée.
De-là, cet esprit sec, jaloux & turbulent,
Qui, vrai fléau des Arts, s'aigrit en circulant.
La Discorde a troublé le Ciel pur d'Uranie,
Et la Haine a posé la borne du génie.
Son noble élan que rien n'avoit encor gêné,
Sous d'épaisses vapeurs languit emprisonné,
Et ce beau fleuve, enfin, dont Homere est la source,
Cet Océan profond, libre & fier dans sa course,
Est à peine un ruisseau dépendant, circonscrit,
Qui nait obscurément, passe, expire, & tarit.

---

* A peine avoit-il les yeux fermés, qu'il parut une Satyre
où il étoit déchiré.

L'ANTIQUE Poésie, aujourd'hui détrônée,
S'achemine à pas lents, de pavots couronnée.
Ce n'est plus, ce n'est plus cette fille des Cieux,
Qui construisit l'Olympe, & donna l'être aux Dieux ;
Qui, du chaos informe où dormoit la matiere,
Fit éclore la vie, & jaillir la lumiere,
Entr'ouvrit le Ténare, & son noir soupirail,
Mit aux mains de Thétis un Sceptre de corail,
Emporta, par l'essor d'une audace indomptée,
Jusqu'aux sources du feu le vol de Prométhée,
Alluma de Vulcain l'antre toujours ardent,
Trempa l'acier de Mars, ou forgea le Trident,
Offrit Vénus naissante aux vœux de tous les Mondes,
Sous sa conque légere assujétit les ondes,
Nuança l'arc d'Iris des plus vives couleurs,
Unit Flore à Zéphir par des tresses de fleurs,
Sous la sensible écorce enferma les Dryades,
Joignit l'urne d'Alphée à l'urne des Nayades,
Soupira de Syrinx le douloureux accent,
Suspendit de Phœbé le mobile croissant,
De roses parsema le berceau de l'Aurore,
Attela les coursiers du Dieu qui la colore,

Et, se jouant parmi tant de trésors ouverts,
Des rêves de la Fable enrichit l'Univers.

On n'y reconnoît plus qu'une triste Déesse,
Qui change en arbrisseaux les chênes du Permesse.
La Muse de ces lieux, le front grave & hautain,
Y mesure sa marche, un compas à la main.
La raison étonnée y reçoit notre hommage,
Et la froide pensée y fait pâlir l'image.
C'est un sol sans chaleur, un Ciel sans majesté,
Où la foudre & l'éclair n'ont jamais éclaté.

Sous l'infidele abri de sa palme fragile,
L'héritier de Pradon, s'égalant à Virgile,
D'un esprit uniforme & jamais inspiré,
Aligne tristement son vers décoloré.
Un autre, se traînant sur la Scene avilie,
D'un appareil funebre enveloppe Thalie,
Et, fier de rembrunir ses caracteres faux,
Emeut le Spectateur à force d'échaffauds.
Voilà, depuis un temps, les fameux Personnages,
Dont l'ardente cabale encensa les images!
De l'émulation les feux sont amortis:

Tout éprouve ou ressent la fureur des Partis.
D'un éclat apparent qui dore ses entraves,
Une Secte arrogante achete mille esclaves.
Le Parnasse appartient à ses Adorateurs,
Qui jurent d'être, un jour, ou tyrans, ou flatteurs.
Quelle sagesse ! ô Dieux ! dangereuse & cruelle !
Que de cœurs vertueux sont outragés par elle !
Tu l'as vu s'avancer ce monstre, enfant de l'art,
Un masque d'une main, & de l'autre, un poignard.
Cent Despotes cachés, fiers d'établir un schisme,
Exercent, à sa voix, un nouvel Ostracisme.
L'homme qui sous leur joug n'a point encor ployé,
Dans son propre pays languit expatrié.
Ils font plus : sur son nom exerçant leur furie,
Ils l'immolent, au loin, à leur secrette envie.
Grace aux Fourbes errans de leur ombre couverts,
D'insidieux échos vont tromper l'Univers ;
Et le cœur noble & vrai, qu'ici leur haine opprime,
Aux limites du Monde est encor leur victime.

MAIS, pourquoi m'arrêter sur de si noirs table
Ta Muse, en ce moment, vient m'offrir ses pince
Poursuis, conduis mon ame à jamais abusée,

Sous l'ombrage fleuri du tranquille Elisée,
Où les Chantres fameux, sans trouble & sans desirs,
Puisent l'oubli des maux dans le sein des plaisirs.

QUE vois-je ? ô doux repos ! ô vaste solitude,
D'où n'approchera plus la vague inquiétude !
Un Soleil éternel, levé sur ces réduits,
N'y connoîtra jamais l'intervalle des nuits.
La volage Espérance, à la fin enchaînée,
Au terme qu'elle atteint pour toujours est bornée,
Et l'on voit, en vapeurs, fuir nos illusions
Sur le muet Léthé qui dort dans les valons.

TON fantôme déjà, ceint du plus verd feuillage,
Solitaire & paisible, erre sur le rivage.
Mais bientôt Montesquieu sort d'un bosquet divin,
Semblable à ceux de Gnide, embellis sous ta main.
Des moissons qu'il fit naître il te fait des offrandes ;
Il t'enlace avec lui de ses propres guirlandes,
Et te découvre, au loin, l'édifice adoré
Qu'éleva son génie, & par toi décoré.
Young t'offre un Cyprès, & Racine, moins triste,
Sourit enfin aux vers de l'Auteur de Caliste.
A ce nom précieux, Tibulle s'empressant,

Te préfente Délie & fon Luth gémiffant.

Aux jeux qui l'occupoient Anacréon fidele,
Orne ton front ferein d'une rofe immortelle:
Sapho, brûlante encor, & la rougeur au front,
Te demande des vers pour attendrir Phaon;
D'un héros trop ingrat Didon toujours éprife,
Didon court embraffer le Chantre d'Héloïfe;
Et La Valliere, * hélas! avec de longs fanglots,
Vient, t'apperçoit, foupire, & fuit fous des berceaux.
Eh! qui fut mieux que toi chanter ce fexe aimable,
Senfible, délicat, prefque jamais coupable?
Des Mufes adoré, des talens amoureux,
S'il abrégea tes jours, il les rendit heureux.

Objets idolâtrés des Rois de l'harmonie,
Arbitres de nos chants, & feul prix du génie,
Vous, dont le tendre éloge a confacré mes vers,
Qui par d'aimables loix gouvernez l'Univers,
Jufqu'au dernier rayon de ma derniere aurore,
Laiffez-moi parcourir, & parcourir encore
Ce Dédale brillant, où, par des nœuds de fleurs,

___

* M. Colardeau avoit commencé une Epître de la Valiere.

Vous fixez fur nos fronts le bandeau des erreurs.
Au défaut du bonheur qui fait votre puiffance,
Vous en offrez, du moins, la riante efpérance;
Le cœur qui vous ignore eft en proie au fommeil :
La premiere faveur eft l'inftant du réveil.
Pour le timide Amant que votre voix raffure,
Vous tirez le rideau qui cachoit la nature.
S'il va cueillir le Lys, c'eft pour vous couronner :
Il brigue le pouvoir, pour vous l'abandonner.
Vous feules éveillez, adorables Sirenes,
Tous ces feux que l'amour fait couler dans nos veines.
La Fortune, par vous, acquiert de la valeur ;
Vous doublez le plaifir, vous charmez la douleur ;
Vous donnez l'ame aux jeux, la vie aux moindres fonges:
La trifte vérité ne vaut pas vos menfonges.
De fon Prifme changeant, égaré dans vos mains,
L'heureufe illufion éblouit les Humains ;
Et le Dieu, qui du monde a formé l'affemblage,
Vous confia le foin d'embellir fon ouvrage.

PARDONNE, ô mon Ami, ce délire d'un cœur
Nourri de tes accens, & plein de ta chaleur.
Tu ne peux condamner, après la même ivreffe,

La fenfibilité qui mene à la tendreſſe.

Ce farouche Vieillard qui moiſſonne toujours,

Le Temps briſe ſa faulx ſur l'autel des Amours ;

Ils ſurvivent à tout, rien ne peut s'en défendre :

Leur flambeau, dans la Tombe, a réchauffé ta cendre.

Oui, oui, tu fus aimer ... Cher aux ſenſibles cœurs,

Tu connus le plaiſir de répandre des pleurs

Peintre des paſſions, tu reſſentis leur flâme ;

La douce aménité reſpiroit dans ton ame.

Ton génie & tes mœurs, leur abandon charmant,

Tout, juſqu'à ta foibleſſe, étoit un ſentiment.

Puiſſe, hélas! de cette urne & ſi triſte & ſi chere,

Juſqu'à moi rejaillir un rayon ſalutaire,

Qui calme les tranſports de ce cœur trop ardent,

Que nul pouvoir encor n'a rendu dépendant ;

De ce cœur peu connu, mais content de lui-même,

Qui ne ſe croit heureux que du moment qu'il aime,

Qui ne ſait point haïr, mais qui ſait réſiſter,

Pardonner aux Méchans, & non les imiter.

Tombe aux pieds de la mort l'amour-propre frivole,

L'orgueil que tout aigrit, & que rien ne conſole!

O vous, de qui mon nom réveille la fureur,

Importune l'oreille, & fatigue le cœur,

Sur ces débris, formés des dépouilles humaines,

Oublions nos débats, & déposons nos haines.

Sous des chaînes de fer, au fond de ces caveaux,

La Parque inexorable unit tous les Rivaux.

Venez, n'attendons pas qu'aux bornes de la vie,

Le Tombeau nous rapproche & nous réconcilie.

Et toi, de la Concorde Ami toujours conſtant,

Que rien n'a pu jamais aigrir un ſeul inſtant,

Toi, de qui les conſeils, dictés par l'indulgence,

Dans mes ſens captivés ſuſpendoient la vengeance,

Sur ta cendre aujourd'hui vois expirer ſes feux!...

L'ennemi que j'embraſſe, eſt mon frere en ces lieux.

LA CONDITION
DE L'HOMME.
ODE.

DÉITÉ gémissante & sombre
Qu'on voit errer près des tombeaux,
Muse d'Young, sors de leur ombre,
Et répands-là sur mes Tableaux.
Loin de moi cette ardente ivresse
Qui peignoit tout à ma jeunesse
Sous mille traits éblouissants.
Soleil, obscurcis ta lumiere,
Et toi, dirige ma carriere,
O nuit! préside à mes accens.

QUELS cris jufqu'à moi retentiffent !
Quel deuil s'étend fur l'Univers !
Combien d'infortunés gémiffent,
Ou fe débattent dans leurs fers !
En vain leur raifon enchaînée,
A la févere deftinée
Voudroit oppofer fon orgueil :
Leurs pas, fans bouffole & fans guide,
Courent fur un penchant rapide
Qui les precipite au cercueil.

OU fuis-je ? quels climats fauvages !
Quels facrifices odieux !
Quoi ! le meurtre, fur ces rivages ;
Eft l'encens que l'on offre aux Dieux !
Quels font ces Mortels exécrables,
Qui, dans le flanc de leurs femblables,
Au nom du Ciel plongent leurs mains ?
Leurs vœux confacrent le carnage,
Et je vois leur pieufe rage
Nager dans le fang des Humains.

CHASSONS cette image effrayante,
Tombe sur elle un voile épais!
Ma Muse, interdite & tremblante,
Ne sait point chanter les forfaits.
Peuples polis, Peuples célebres,
Que de ses profondes ténebres
L'ignorance ne couvre pas,
D'une raison moins infidelle,
Dites si la foible étincelle
Vers le bonheur conduit vos pas?

AH! cette pompe fantastique,
Cet éclat fragile & trompeur,
Cache souvent un corps étique
Qui va crouler sous le malheur.
Dans vos enceintes qu'on révere,
Le faste enferme la misere
Sous de magnifiques dehors;
Et, pour le bonheur impuissantes,
Les lumieres insuffisantes
N'y font qu'augmenter les remords.

AINSI l'on voit dans une plaine,
Brillante de mille couleurs,
Rouler les flots d'une fontaine,
Dont le cours eft femé de fleurs.
Brûlé d'une foif dévorante,
Vers l'onde pure & tranfparente
Vole un Voyageur entraîné ;
Mais, par cette liqueur traitreffe,
Sur cette rive enchantereffe,
Il tombe, & meurt empoifonné.

VANTEZ moins, Villes floriffantes,
Ce faux bonheur qui vous féduit;
La caufe qui vous rend puiffantes,
Infenfiblement vous détruit.
Coloffes qui touchez la nue,
Frappés d'une main inconnue,
Bientôt on vous verra tomber.
Un terme vient, où tout expire.
Le plus grand, le plus vafte Empire
Eft le plus près de fuccomber.

O quel secourable Génie
Me transportera dans des lieux
D'où l'infortune soit bannie,
Et qui fasse absoudre les Dieux !
Souhaits imprudens & stériles !
Mortels, vos cris sont inutiles;
Du Destin respectez les lois.
Le malheur est votre apanage;
Il exerce l'ame du Sage,
Et fait fléchir l'orgueil des Rois.

LEUR félicité n'est qu'un rêve
Dont un instant détruit le cours.
Un seul cheveu retient le glaive
Sans cesse étendu sur leurs jours.
Sous le chaume les uns gémissent,
Les autres sous le dais pâlissent;
Leur éclat même est douloureux ;
Et, couchés avec nonchalance
Sur le duvet de l'indolence,
Ils n'en sont pas moins malheureux.

O toi, de qui la prévoyance
Dans l'avenir comptoit nos maux,
Quand tu vins souffler l'existence
Sur tous les germes du Chaos;
Au sein de ta gloire immobile,
Avec un œil sec & tranquile,
Peux-tu voir ces tristes Mortels,
Dont l'obéissante foiblesse,
Soumise à ta sombre sagesse,
T'éleve, en tremblant, des autels?

Si ton éternelle justice
Veut un légitime tribut,
Sans doute la bonté propice
Est ton plus sublime attribut.
Du bonheur, sur notre hémisphere,
Répands un rayon salutaire
Du haut du céleste séjour;
Et, bientôt, offert sans contrainte,
L'encens que tu dois à la crainte,
Tu le devras à notre amour.

Qu'avec

Qu'avec plaisir je t'envisage
Abaissant tes yeux satisfaits
Sur des êtres de qui l'hommage
Seroit le prix de tes bienfaits !
Jouis d'un si beau privilège:
L'infortune qui nous assiege
Souille tes regards généreux.
On hait les Tyrans redoutables,
Et, si les Dieux sont adorables,
C'est quand les Mortels sont heureux.

L'OR.

ODE.

Dans les flancs de la Terre avare,
Près de la voûte des Enfers,
L'Or, ce triste enfant du Ténare,
Laiſſoit reſpirer l'Univers.
L'Homme alors, plus fier de ſon être,
N'alloit point courber ſous un Maître,
Un front au joug accoutumé.
Rebelle au frein de la puiſſance,
Il ne devoit l'obéiſſance
Qu'aux Dieux ſeuls qui l'avoient formé.

QUEL fracas! ô fureur! ô crime!
Arrêtez, aveugles Humains! ...
Où courez-vous?.., Ciel! quel abîme
Creusent leurs sacrileges mains!
La clarté fait frémir les ombres,
La terre, en ses cavernes sombres,
Laisse entrer ces Mortels fougueux;
Et, tenant le métal perfide,
Au fond du gouffre une Euménide
L'offre à l'audace de leurs vœux.

DANS ces Tombeaux, la Troupe errante
Poursuit l'indice malheureux
Du Filon brillant qui serpente
Au fond des antres ténébreux.
Avec une joie imparfaite,
L'Avarice pâle & défaite
Vient encourager leurs travaux.
Que le Ciel tombe, qu'ils périssent;
Pourvû que leurs efforts ravissent
Ce qui doit enfanter leurs maux.

C ij

DIEU puiffant, lance ton tonnerre,
Punis ces Mortels indifcrets,
Qui, jufqu'au centre de la terre,
Ofent t'arracher tes fecrets !...
Mais, non, fufpends, fufpends ta foudre:
C'eft peu de les réduire en poudre,
Laiffe-les fentir leurs malheurs,
Et que ce Monftre, dont leur rage
Se fait une fi belle image,
Te venge en déchirant leurs cœurs !

OUI, je le vois ce Monftre impie
Franchir les bords du Phlégéton,
Et, fous les traits d'une Furie,
S'élancer du fein de Pluton.
Des gémiffemens moins funebres
Retentiffent dans les ténebres
De fes Royaumes fouterains ;
Et, loin de retenir fa proie,
L'Enfer a treffailli de joie
Du préfent qu'il fait aux Humains.

COUVERT de vaiſſeaux innombrables,
Déjà l'Océan courroucé,
Sous l'effort des rames coupables,
Frémit de ſe voir traverſé.
Parcourant les plaines profondes,
Ces nouveaux Souverains des ondes
Semblent défier les revers.
Le Ciel en vain lance des flâmes,
L'ardeur qui dévore leurs ames,
N'a de bornes que l'Univers.

THÉMIS s'enfuit épouvantée;
Le meurtre a groſſi les torrens,
Et, ſur la Terre enſanglantée,
Peſe le char des Conquérans.
Sur leurs têtes gronde la foudre:
Leurs pieds écraſent dans la poudre,
Le front des malheureux Mortels.
La ſoif de l'Or les pouſſe aux crimes,
Des Nations ſont leurs victimes,
Et des tombeaux ſont leurs autels.

PAROISSEZ, Spectres lamentables
Des Mexicains infortunés,
Et fur vos Vainqueurs déteftables
Soyez à jamais déchaînés.
Encor meurtris de vos tortures,
A leurs yeux rouvrez vos bleffures,
Tourmentez leurs cœurs de vos cris,
Et, les abreuvant d'amertume,
Que le défefpoir les confume
Sur l'Or fanglant qu'ils ont conquis.

MOBILE éclatant & funefte
De difcordes & d'attentats,
Vers leur ruine manifefte
C'eft toi qui traînes les Etats :
Par toi, pernicieufe Idole,
La mort vole autour du Pactole.
En faveur de l'homme puiffant,
Ton poids incline la balance,
Et fert de prix à la fentence
Qui fait fuccomber l'innocent.

FOIBLES Humains, troupeau docile,
Eh quoi! vous nourriſſant de pleurs,
Vous flattez d'une main ſervile
Vos avares perſécuteurs!
L'homme induſtrieux & champêtre,
Meurt ſur la moiſſon qu'il fait naître.
Sous ſon Or le Riche aſſoupi
Voit ſes travaux d'un œil ſuperbe,
Et, lorſqu'il aſſemble la gerbe,
Il n'oſe en garder un épi.

O Honte! inſupportable image!
Sort affreux de l'humanité!
Eſt-ce-là ce juſte partage
Preſcrit par la Divinité?
Lorſque, plus riante & plus belle,
La Terre active renouvelle
Le germe dans ſes flancs cachés,
Le chêne, fier de ſon ombrage,
Voit-il l'arbriſſeau, ſans feuillage,
Près de lui mourir deſſéché?

FATAL objet de notre ivreſſe,
Du Monde oppreſſeur odieux,
Ah! que ne reſtois-tu ſans ceſſe
Enſeveli loin de nos yeux!
Terre, reprends dans tes abîmes,
Reprends tes tréſors & nos crimes!
Reviens, généreuſe Equité,
Et parmi nous ramene encore
Les ſeuls biens que mon cœur implore,
Le bonheur & l'égalité!

IDÉES

SUR

CORNEILLE.

Lorsque Corneille s'éleva, la France respiroit à peine des longs troubles qui l'avoient déchirée. Tout fermentoit encore. Les factions étoient calmées; les passions ne l'étoient pas. Je ne sais quel héroïsme républicain s'étoit emparé de tous les cœurs; & le fruit des discordes civiles fut, au moins, de donner à la Nation un degré de force que, peut-être, elle n'auroit point eue sans elles. L'honneur alors n'étoit point un ressort usé, ni la Patrie un vain nom qu'on prononçât par habitude. On venoit de voir de grandes révolutions opérées & conduites par de grands Hommes, des actions généreuses, des projets vastes.

CORNEILLE étoit sûr d'intéreffer, en mettant
fur la fcene des caracteres & des événemens
qui entretenoient les ames dans ce Patriotif-
me courageux & guerrier, qui jettoit encore
quelques étincelles. Il lui falloit un fiecle
d'énergie, de grandeur, &, pour ainfi dire,
proportionné à fon imagination. C'eft ainfi
que l'Aigle franchit la hauteur des monts,
& plonge dans la nue où gronde la tempête.

CORNEILLE étoit né avec un de ces gé-
nies faits pour entraîner celui de tout un
Peuple, & une de ces ames dont on étoit
enorgueilli de partager les impreffions. Peu
occupé des petites paffions qui agitent vul-
gairement ce qu'on appelle les beaux Efprits,
il avoit ce befoin intérieur de gloire qui dif-
tingue les Hommes extraordinaires. Sans
cabales, fans Prôneurs, oppofant à fes ennemis le calme, le filence & le temps, il leur
répondoit par fes Ouvrages, & les puniffoit
par fa Renommée. Il étoit trop recueilli,
pour n'être pas profond. Parloit-il de la vertu, il l'infpiroit. Bien différent de ces Poëtes

qui ont quelquefois le projet de la peindre, mais jamais assez d'enthousiasme pour la sentir, CORNEILLE étoit vertueux. C'est pour cela qu'il fut grand.

SES conceptions dramatiques sont presque toutes étonnantes. Dans ses Ouvrages les plus foibles, il conserve encore des traits qui l'élevent au-dessus de toute comparaison. Il a tracé une foule de caracteres, tous, prononcés avec des nuances différentes. Aucune de ses intrigues ne se ressemble. On diroit qu'il aime à se créer des difficultés, par la certitude qu'il a de les vaincre. C'est du sentiment de ses forces, que naissent ces beautés inattendues qui n'ont de modele nulle part, & dont lui seul eut le secret. Quand il parut, le Théâtre étoit un chaos. C'est à lui qu'il étoit réservé d'y répandre le jour. Il a ouvert la carriere, & l'a perfectionnée. Le *Menteur* est une de nos premieres Comédies, & le *Menteur* est un chef-d'œuvre. Le *Cid* n'avoit été précédé que par des productions informes, & l'Art Tragique, depuis, n'a pas été au de-là du *Cid*. CORNEILLE, en un mot, eſt, à la fois, créateur & modele. C'eſt un de ces hommes qu'on peut appeler un effort de la Nature. Elle ſe repoſe long-temps après les avoir formés. Il eut à ſouffrir des fureurs de l'envie, de l'acharnement des Coteries littéraires, des perſécutions des Deſpotes ſubalternes. Les Scuderi le dénigroient, mais il étoit vengé par la Nation. C'étoit une Nation entiere qu'il falloit pour Juge à un tel homme. Paroiſſoit-il au Spectacle, c'eſt alors que la jalouſie ſe taiſoit, pour faire place au ſilence de l'admiration. A l'aſpect de ſes cheveux blanchis dans les travaux, & couverts de tant de lauriers, une vénération involontaire s'emparoit de toutes les ames. On ſe levoit devant lui ; on payoit à ſa vieilleſſe auguſte ce tribut tardif d'une juſte reconnoiſſance, & il ſembloit qu'on le mît d'avance en poſſeſſion des hommages de la poſtérité. Son ſiecle lui dut une partie de ſa gloire, & ce ſiecle étoit celui de Louis XIV. CORNEILLE avoit l'ame trop haute, pour defcendre aux intrigues qui concilient les faveurs de la fortune. Il vécut prefque dans l'indigence. Il avoit mis fa vertu & fon génie fous la garde de la pauvreté. Quel Protecteur étoit digne de l'enrichir ?

C'EST pourtant cet homme, cet homme fublime, qui devroit nous être facré, dont le dédain philofophique de nos jours cherche, autant qu'il peut, à détruire le culte, & à mutiler les images. Il n'y a pas jufqu'au moindre Pygmée littéraire qui ne s'agite fur le marchepied de fon autel, & ne lui lance de-là quelques traits débiles qui n'arrivent point jufqu'à lui. Le Tombeau n'eft pas même une barrriere fuffifante entre la gloire du génie, & la rage de la médiocrité. Quoi qu'il en foit, CORNEILLE vivra autant que le nom François. Il faut plaindre les efprits froids & les ames fans élévation, qui, ne pouvant jamais l'atteindre, n'auront pas le courage de l'admirer.

Fin du premier Cahier.